KB043348

당신에게 · 둘

■ 당신에게 · 둘

1판 1쇄 : 인쇄 2015년 08월 20일
1판 1쇄 : 발행 2015년 08월 25일

지은이 : 박봉은
펴낸이 : 서동영
펴낸곳 : 서영출판사

출판등록 : 2010년 11월 26일 제25100-2010-000011호)
주소 : 서울특별시 마포구 서교동 465-4, 광림빌딩 2층 201호
전화 : 02-338-7270 팩스 : 02-338-7161
이메일 : sdy5608@hanmail.net

그   림 : 박봉은
디자인 : 이원경

ⓒ2015박봉은 seo young printed in seoul korea
ISBN 978-89-97180-50-9 04810
ISBN 978-89-97180-00-4(set)

당신에게 · 둘

2015 · 서영

박봉은 시인의 제6시집 출간을 축하하며

　시인이자 화가인 박봉은의 시 창작 열정은 오늘도 지속되고 있다. 제1시집을 발간한 지 5년 만에 제6시집을 세상에 내놓다니, 이는 매우 경이스러운 일이 아닐 수 없다.

　박봉은 제1시집 〈당신만 행복하다면〉에서는 우리 주위 사물과 추억과 상념에 대해 다채로운 시선으로 바라보고 이미지로 시적 형상화를 해놓아 독자들의 눈을 즐겁게 해주었다. 사물을 바라보는 신선한 감각과 그 새로운 해석을 통해 활기찬 삶의 에너지를 이끌어 내는 솜씨를 보여 주었다. 그 어떠한 세파에도 의연함을 잃지 않은 삶을 예찬하고, 다정함과 따스함과 애틋함으로 타인의 아픔을 감싸고 공감하며, 삶의 의미와 방향을 밝게 이끌어 나가고 있다.

　박봉은 제2시집 〈아시나요〉에서 시인은 자기 자신을 키워 준 모든 것들에 깊이 감사하고 고마워하고 있다. 당신을 설정해 놓고, 그 당신을 주축으로 시상을 끌어가고 있다. 시 속의 당신은 그의 이상향일 수도 있고, 연인일 수도 있고, 스승일 수도 있고, 또 자신의 인생 길잡이일 수도 있다. 그 당신을 향해 줄기찬 감사와

존경과 애정을 바치고 있다. 더불어 그 안에서 기쁨을 느끼고 희망을 품고 보람을 느끼며 행복해 하고 있다. 그는 가슴으로 시를 쓰고 있다. 이미지 구현보다는 사랑의 향기를 서술의 물줄기 위에 실어 구구절절 호소하고 있다. 그리하여 읽은 이들의 가슴에 자리잡고 있는 보편성에 감동의 전율을 선물하고 있다. 더불어 아이러니를 적절히 기저에 깔아 놓아 더욱 진하고 감동적인 호소력을 얻어내는 데 성공하고 있다.

박봉은 제3시집 〈당신에게 · 하나〉에서는 아주 단순한 시 세계를 구축하고 있다. 그저 하고픈 내면의 웅얼거림을 아주 듣기 편하게 자연의 소리처럼 마구 쏟아내고 있다. 그런 과정에서 그 어떤 가식이나 억지나 수다스런 포장도 하지 않는다. 가슴속에 흐르고 있는 감성의 소리에 소박한 이미지의 옷을 입혀 봄나들이를 내보내고 있을 뿐이다. 시에게 순수한 가슴이 있다면, 그곳을 향해 돌진하여 한아름 시심을 들고 나와 너울너울 나비처럼 날아가고 있을 뿐이다. 이 기법을 통하여 독자의 가슴을 울리고 웃기고 함께 눈물짓고 감동하고 함께 미소 지으며 기뻐하고 있다.

박봉은 제4시집 〈비밀 일기〉에서는 다시 제1집으로 회귀한 듯한 시 세계를 보여 주고 있다. 여기서는 휘몰아가는 듯한 시상의 흐름을 약간 멈추고 좀더 여유롭게 관조적으로 사물을 바라보고 있다. 사물 하나하나 섬세히 관찰하거나 내려다보면서 새로운 각도로 해석하고, 되도록 이미지 구현으로 시적 형상화를 이루면서 시의 맛과 멋을 한층 강화시켜 놓고 있다. 그러면서 내면의 아픔과 응어리를 미적 가치의 그릇에 담아 반성하고 나아가 치유라도 하려는 듯 진솔히 토로하고 있다. 그 모습이 멋스럽다. 인간의 아름다운 모습들 중 하나가 아닌가 싶다. 시를 통해 치유하고 시를 통해 부정을 긍정으로 끌어올리는 에너지와 힘과 기, 그게 그의 시에서 느껴지기에 그만큼 소중하다.

박봉은 제5시집 〈유리인형〉에서 보여지는 특징은 대구법을 잘 활용하고 있다는 것이다. 1연부터 마지막 연까지 통일시켜 놓고 있는 대구법. 우리 주변에 평이하면서도 꼭 하고픈 말들을 배치해 놓되, 출발은 서술이지만 이를 이어받은 것들은 대부분 이미지로 처리하고 있다. 이러한 시적 흐름이 박봉은 시인의 독특한 시 기법이기도 하다.

평이한 일상에서 소재를 택하고 이를 서술로 출발시켜 놓고, 대구를 이루며 마무리는 이미지로 처리하는 표현 기법, 얼른 보아 시가 아닌 듯하면서도 시의 맛을 갖게 하는 기법이다. 현대인들이 시를 어렵게 여겨 읽기를 피하기 쉬운데, 그런 면에서 박봉은 시인의 시들은 독자들에게 쉽게 다가가 가슴을 열게 한 뒤 잽싸게 파고들어가 이미지를 심어 놓는 기법을 잘 활용하고 있다. 그래서 그의 시들을 독자들이 한결같이 좋아하나 보다.

박봉은 제6시집 〈당신에게 · 둘〉은 제3시집 〈당신에게 · 하나〉의 후반부이다. 연작시 "당신에게" 시리즈가 여전히 불을 토하듯 열정적으로 이어지고 있다. 무슨 할 말이 그렇게 많은 것일까. 시집 한 권으로도 모자라, 다시 후편으로 설정하여 토해낼 수밖에 없는 사랑 고백이라도 있다는 것일까. 제3시집과는 또 다른 시 세계를 갖추고 있는 것일까. 이번에는 누구에게 바치는 시일까. 이 시를 쓰게 한 그리움은 도대체 얼마나 아름다운 것일까.

자, 그러면 박봉은 시인의 제6시집, 그 절절한 시들 속으로 들어가 향그런 탐구를 시도해 보기로 하자.

으슴츠레 스잔함은
소리 없이 발밑으로 다가와
바짓자락 잡고 칭얼대며
지금 저렇게
요란을 떨고 있습니다

덩달아 나의 마음까지도
깊이 묻어 두었던
피멍 든 추억 한 쪼가리를
꺼내 듭니다

쉽게 이별을 허락했던
연분홍빛 상념의 모순을
이제서야 발견하고

가슴속에 담아 보려 하지만
이미 때는 늦었습니다

이제 색이 바랠 대로 바래
당신의 모습이
거의 희미해져 버린 지금

당신에 대한 보고픔은
시간이 흐를수록
더욱더 짙은 갈색으로
거칠게 물들어만 갑니다.

- 〈당신에게 · 74〉 전문

이 시에서 시적 화자는 스잔함을 관찰하고 있다. 소리 없이 발밑까지 와서 칭얼대며 요란을 떨고 있는 스잔함, 님이 곁에 없는 쓸쓸함이 시적 화자의 가슴을 괴롭히고 있다. 할 수 없이 시적 화자는 깊이 묻어 두었던 피멍 든 추억을 꺼내 든다. 생각해 보니, 너무 쉽게 이별을 허락한 아픔이 새삼스레 마음의 짐으로 안겨 온다. 뒤늦게라도 후회해 보지만, 다시 원점으로 되돌릴 수는 없다. 이미 때는 늦었음을 절감한다. 이제 님의 모습조차 희미해져 버린 지금, 어찌할 수 없는 현실이지만, 보고픔만은 더욱더 짙게 가슴 깊이 다가올 뿐이다. 결국 그리움은 시적 화자의 인생을 여전히 지배하고 있음을 알게 된다. 마치 숙명처럼 시적 화자는 님에 대한 사랑을 포기하지 못하고, 여전히 그 안에 갇혀 있음을 솔직히 인정하고 있다.

　　전혀 다른
　　세상에서 태어났었고
　　전혀 다른
　　환경에서 자랐던 우리

　　당신과 나 사이의 허물은
　　모두 닳고 닳아
　　이젠
　　수정처럼 투명해진 지 오래

　　마음의 정원밭에
　　굳게 닫혀 있던 철문도
　　흔적없이 녹아 버린 지 오래

　　우리는
　　자신도 모르는 사이에
　　이미 오래 전부터
　　심장도 하나
　　가슴도 하나
　　머리도 하나가 되어 버렸습니다.
　　　　　　　－〈당신에게 · 93〉 전문

　이 시에서 시적 화자는 님과 자기 자신에 대해 인정
할 것은 인정하고 있다. 서로 다른 환경, 전혀 다른 세
상에서 태어났다는 점,

서로의 허물은 모두 닮아 이제는 거의 서로에게 문
제되지 않는다는 점, 서로의 마음벽도 허물어진 지 오
래라는 점도 잘 알고 있다. 또한 자신도 모르는 사이에
이미 오래 전부터 심장도 하나 가슴도 하나 머리도 하
나가 되어 버렸음도 인정하고 있다. 그런데, 왜 아직도
하나되지 못하고 거리감을 두고 그리워하고 있는 것일
까. 용기가 없는 것일까. 마지막 남은 자존심 때문일
까. 무엇이 둘 사이를 아직도 떼어놓게 하는 것일까.
이제는 더이상 가식적으로 살 필요가 없지 않은가. 내
밀한 자신을 드러내놓고, 진솔한 자아 위에 서로를 올
려놓고, 하나되는 길을 선택해야 하지 않을까. 이제 둘
사이에 필요한 건 진솔함과 용기뿐, 그게 새로운 인생
으로 안내할 듯하다.

사랑하는 당신
울고 싶을 때는 언제든지
그냥 소리 내서 엉엉 울어 버려요

철없던 아이들처럼
그냥 후련하게
목청껏 울어 버려요

울음 뿌리
송두리째 뽑아내 버려요

그리고

다시는 울지 말아요

당신이
혼자가 아니라는 걸
눈 크게 뜨고 쳐다봐요

우리가 꿈꾸는 천국은
우리 마음속에 있어요

우리가 바라는 행복은
바로 우리 가슴속에 있어요.

- 〈당신에게 · 94〉 전문

　이 시의 시적 화자는 사랑하는 이에게 부탁하고 있다. 울고 싶을 때는 언제든지 그냥 소리 내서 엉엉 울어 버리라고. 그냥 후련하게 목청껏 울어 버리라고. 울음 뿌리를 송두리째 뽑아내 버리라고. 혼자가 아니라 사랑하는 사람이 있다는 걸 눈 크게 뜨고 쳐다보라고. 꿈꾸는 천국이 마음속에 있고, 바라는 행복이 가슴속에 있음을 알라고. 그런데, 왜 이런 부탁이 애처롭게 들리는 것일까. 정말 시적 화자가 부탁하는 그 소리가 사랑하는 이에게 들리기나 할까. 들리지도 않는데, 멀리서 그냥 헛울림처럼 울부짖고 있는 건 아닐까. 어쩜 자기 자신에게 하소연하고 있는 건 아닐까. 아무리 해도, 어떤 길로도, 그 어떤 운명으로도 다가갈 수 없고, 함께할 수 없어, 애타는 건 아닐까. 님에게 그렇게 하라고 하는 말이 그저 헛된 울림으로 그치는 건 아닐까. 과연 현실성이 있는 부탁일까. 님은 정말 아직도 시적 화자를 기억이라도 하고 있는 것일까. 그 오랜 세월 되돌아보지 않고 살아간다면, 그 님은 이미 완전히 남이 되어, 시적 화자를 잊어버린 채 살아가는 건 아닐까. 그런데도 시적 화자는 아직도 미련을 버리지 못하고, 헛울림만 허공에 흩뿌리고 있으니, 어찌 가련하다 하지 않겠는가. 그 슬픔이 메아리처럼 퍼져 와 온몸을 뒤덮어 버리는 건 왜일까.

이제야 돌이켜 생각하면
무얼 하겠습니까

사라진 안개 찾아보듯
이미 다 지나간 일입니다

다시 돌이켜보려 해도
이미 희뿌연 시간더미에
깊숙이 파묻혀 있습니다

나도 한때나마
당신의 향기에 취해
온몸을 던졌습니다

정신 차려 본 그곳엔
시커멓게 불에 탄

상처들만
처참히 나뒹굴고 있었습니다

탓하기 전에
거울을 들여다보고
상처 난 곳을 소독하고
입술에 힘을 주고
발걸음을 힘차게 내디뎌 봅니다

신발 질끈 동여매고
옷깃 잔뜩 여미고
앞만 보고 힘차게.

- 〈당신에게 · 95〉 전문

이 시의 시적 화자는 비로소 자신의 처지를 처절히
인식하고 있다. 이제야 돌이켜 생각하면 무얼 하겠는
가. 이미 사랑은 과거의 것인데, 이미 사라진 안개와
같은데, 이미 사랑했던 과거는 희뿌연 시간더미에 깊
숙이 파묻혀 버렸는데, 님은 이미 까마득히 잊어버린
추억일 뿐인데, 그 사실을 시적 화자는 절실히 받아들
이고 있다.

한때는 님의 향기에 온몸을 던졌건만, 정신을 차려
보니, 시커먼 상처들과 상흔들만 처참히 여기저기 나
뒹굴고 있을 뿐, 지금이라도 정신을 차리자. 그리고 거
울을 들여다보고 상처와 상흔을 소독하자. 그런 다음
입술에 힘을 주고 힘차게 발걸음을 내딛자. 신발끈 질

끈 동여매고 옷깃 잔뜩 여미고 나서 앞만 보고 힘차게
걸어가자. 시적 화사가 이렇게 외칠수록 어찌 헛울림
만 울리는 듯 여겨질까. 마치 반어법 속으로 휩쓸려 들
어간 듯, 아무리 시적 화자가 울부짖어도 실제로는 시
적 화자의 내면에서 님에 대한 사랑과 미련을 조금치
도 몰아낼 수 없다는 느낌이 드는 건 왜일까.

심장이 염산에 타 녹아내리는 것처럼
마음이 너무 아프네요

당신과 헤어져야만 한다는 것도
너무 아프고

이제껏 당신의 마음을 슬프게 했던 것도
너무 아프고

여태까지 당신에게 잘해 주지 못한 것도
너무 아프고

생각하는 시간도
너무 아파서

영원히
잠들고 싶습니다

지금 이 시간

아무것도 모른 채
아무것도 기억을 못한 채
그저 천년바위처럼
영원히 잠들고 싶습니다.

- 〈당신에게 · 100〉 전문

　이 시에서 시적 화자의 아픔이 너무나 커서 가까이 접근하기조차 어렵다. 심장이 녹아내리는 듯 아프다. 아프기 시작하니, 모든 게 다 아프다. 헤어져야 한다는 현실도, 그동안 마음을 아프게 했던 것도, 같이 지내는 동안 잘해 주지 못한 것도 다 아프다. 생각하는 시간도 아프다. 너무나 아파 영원히 잠들고 싶다. 아무것도 모른 채 아무것도 기억 못한 채 그저 잠들고 싶다. 영원히 천년바위처럼 잠들고 싶다. 시적 화자의 고백이 처절하다.

　얼마나 아팠으면 저토록 가슴이 저리도록 외치는 것일까. 도대체 얼마나 깊은 사랑을 했기에 저토록 슬픈 토로를 하는 것일까. 진실된 사랑은 진실된 사랑으로 꽃피워야 이런 아픔이 없는 것일까. 진실된 사랑은 헤어진 사랑을 품어줄 수는 없는 것일까. 사랑은 하나되어야만 향기를 품는 것일까. 떨어져서도 진실된 사랑을 꽃피울 수는 없는 것일까. 영원히 잠들고 싶다는 시적 화자의 내면 속에는 이 세상이 끝나기 전에 다시 한번 사랑의 열매를 거두고 싶은 욕망이 가득한 것은 아닐까. 왜 사랑이 이토록 이 시적 화자의 모든 걸 지배

해 버리는 것일까. 재기할 기회마저 박탈해 버리는 사
랑, 사랑만이 이 시적 화자를 일으켜 세워 주는 유일한
디딤돌이란 말인가.

아무것도 변한 게 없건만
당신은 자꾸만
변했다고 이야기하네요

내 눈에는 보이지 않는데
당신 눈에는 또렷하게
보인다고 이야기하네요

아니라고 해도
달라진 게 없다 해도
믿어주지를 않네요

희뿌연 물안개 속을
휘청휘청 걷고 있으면서도
앞이 잘 보인다고 이야기하네요

볼 때 제대로 보지 못하고
안 봐도 될 때는 보려고 애쓰며
서 있네요

안타까움에 촛불을 켜 보지만
그것도 잠시
휘청거리는 몸짓에

가느다란 촛불마저
조용히 숨을 거두고 마네요.

- 〈당신에게 · 104〉 전문

이 시의 시적 화자는 오히려 사랑의 대상에게 해명
하고 있다. 아무리 변한 게 없다고 해도 님은 자꾸만
변했다고 이야기한다. 억울하다. 시적 화자의 눈에는
보이지 않는데, 님은 또렷하게 보인다고 우긴다. 시적
화자는 아니라고 하는데, 님은 달라진 게 없다고 한다.
　어떠한 상황에서도 믿어 주지 않는 님, 그게 문제다.
시적 화자는 변한 게 없고, 예나 지금이나 여전한데,
유일하게 님은 믿지 않는다. 그게 문제다. 시적 화자
의 문제가 아니라, 님이 문제다. 사랑이 이뤄지지 않
고, 열매 맺지 못한 채 지금까지 흘러온 게, 사실은 시
적 화자의 문제가 아니라, 님의 문제다. 이렇게라도 해
야 시적 화자는 위안을 받는 것일까.
　여전히 님은 앞이 잘 보인다고 하고, 안 봐도 될 것
들만 보려고 애쓰고 있으니, 그게 시적 화자와 님 사
이를 훼방하고 있는 요인이다. 시적 화자의 탓이 아니
다. 애써 위안을 삼고 있는 변명거리마저 힘이 없다.
안타까움에 촛불을 켜 보지만, 휘청거리는 몸짓에 촛
불마저 꺼져 버리고, 다시 외로움에 휩싸인다. 님이 인
정해 주지 않는 사랑, 님이 믿어 주지 않는 사랑, 님이
돌아보지 않는 사랑은 마치 잠시 켜 있다가 꺼져 버리
는 촛불이나 다름없다. 어찌 시적 화자는 아직도 님의

신뢰를 받지 못하는 것일까. 그 숱한 세월 속에서 그
토록 애틋이 미련과 연민 속에서 몸부림을 쳤건만, 왜
여태 님의 믿음, 님의 신뢰를 얻지 못하고 살아온 것일
까. 무엇이 문제인가. 어떤 틈이 사랑의 향기를 흘려
버리는 것일까.

어제 나는 문득
당신의 하얀 미소 뒤에 가려진
진한 그림자를 보았습니다
그 슬픔이 무엇인지
나는 아직 잘 모릅니다

당신의 눈가에
외롭게 흐르는
짜디짠 회한 한 줄기도 보았습니다
그게 어디서 흘러나오는지
나는 아직 잘 모릅니다

당신의 떨리는 목소리에서
소리 없이 묻어 나오는
긴 한숨도 보았습니다
도대체 왜 그러는지
나는 아직 잘 모릅니다.

- 〈당신에게 · 119〉 전문

이 시의 시적 화자가 비로소 발견한 건 무엇일까. 님의 하얀 미소를 발견했다. 그리고 그 미소 뒤에 가려진 진한 그림자를 보았다. 그러나, 그 슬픔이 무엇인지를 모르겠다. 님의 눈가에 외롭게 흐르는 짜디짠 회한 한 줄기도 보았다. 님의 심정이 결코 편치 않았다는 증거다. 분명 님도 시적 화자로 인해 고통스러운 세월을 보냈음에 틀림없다. 그런데, 님의 그 회한 한 줄기가 어디서 흘러나오는지는 시적 화자가 모르고 있다. 그걸 몰라서야 되겠는가. 그 때문에 오랜 이별이 지속되었던 건 아닐까. 다행히 님의 떨리는 목소리를 만날 수 있었다. 님의 목소리가 떨렸다는 건 아직도 시적 화자에 내한 실렘이 남이 있다는 증거이다. 그렇기 때문에 아직 포기하기엔 이르다. 그 떨리는 목소리뿐만 아니라, 그 목소리 속에서 소리 없이 묻어 나오는 긴 한숨도 보았다. 그렇다면, 가능성은 충분히 있다. 뭔가 아쉬운 점만 보완한다면, 님의 사랑을 쟁취할 수 있는 건 아닐까. 분명 님은 아직도 기회의 창을 열어 주고 있다. 아니다, 어쩌면 불가능의 창일지도 모른다. 그러기에 긴 한숨을 쉬고 있는 건 아닐까. 다시 이룰 수 없는 사랑임을 절감해서 나오는 한숨은 아닐까. 그렇다면, 시적 화자의 나아갈 길은 어디란 말인가. 불가능한 사랑, 그러기에 시적 화자는 아직 잘 모르겠다고 일관하는 건 아닐까. 도대체 사랑의 진실된 공간과 가치는 어떤 것일까. 함께해야만 사랑의 진실된 공간은 충족되는 것

일까. 함께해야만 사랑의 진실된 가치는 성취되는 것
일끼. 그냥 그리움만으로도 충분한 건 아닐까. 멀리서
바라보며, 님의 행복을 빌어 주며, 성실히 알차게 살아
가는 삶, 그 속에 진정한 사랑의 가치가 숨쉬는 건 아
닐까. 사랑이 아름다울 수 있도록 하기 위해, 우리는
어떤 감성을 안고 살아가야 하는 것일까.

　박봉은 제6시집 〈당신에게・둘〉에 수록된 시들은
무수한 사랑의 질문들을 쏟아내고 있다. 어떤 사랑이
진실된 것일까. 어떻게 사랑해야 하는 것일까. 사랑의
가치는 어디에 두어야 하는 것일까. 진실된 사랑의 공
간은 어디에 있는 것일까. 사랑은 함께해야만 완성되
는 것일까. 그냥 그리움만으로도 사랑을 완성시킬 수
는 없을까. 사랑은 그리움 속에서 성장하고 완성되는
건 아닐까. 그리워하는 것만으로도 충분히 사랑의 보
상을 받은 건 아닐까.

　무수한 질문에 질문을 쏟아내게 만드는 박봉은 시인
의 제6시집, 그 안에서 꿈틀거리는 시심들, 만나고 또
만나도 질리지 않는다. 이 점이 늘 독자들의 가슴을 흡
족하게 해주는 건 아닐까.

　박봉은 시인의 시심 퍼레이드는 이것으로 그치지 않
을 듯싶다. 제7, 제8, 제9시집이 이미 집필이 완료되어
출간을 기다리고 있기 때문이다. 시상의 흐름, 시 세계
의 흐름이 매번 궁금하다. 융융히 흘러가는 박봉은의
시 세계와 친하게 지내고 싶어진다.

시 창작의 삶을 살아가는 이들이 그리운 계절, 시인들이 발굴해 내는 아름다운 감성의 세계가 몇 배나 더 멋져 보이는 이 시간, 이 장마철이 지나면 또 깊고 깊은 가을의 의미가 우리 가슴을 진한 감동으로 전율케 하겠지.

그런 날이면, 다시 박봉은 시인의 시집들을 곁에 놓고 친구처럼 대화를 시작할 것이고, 아름다운 인생을 위해, 보다 섬세한 감성의 지성인이 되기 위해, 그 시집 속으로 들어가 진솔한 대화를 나누게 되겠지.

– 탱글탱글한 방울토마토의 미소가 쟁반 가득 지켜보는 한여름에

한실 문예창작 지도 교수 박덕은

(문학박사, 문학평론가, 시인, 소설가, 동화작가, 수필가, 사진작가, 화가)

박봉은 시인의 제6시집 출간을 축하하며

작가의 말

　이제 또다시 2015년 을미년 나의 환갑을 맞이하면서 생애 여섯 번째 시집을 세상에 내놓게 되었다.

　2010년에 출간한 제1시집 "당신만 행복하다면"과 제2시집 "아시나요", 2012년에 출간한 제3시집 "당신에게 · 하나", 그리고 2013년에 출간한 제4시집 "비밀일기"에 이어 2014년에 내놓은 제5시집 "유리인형"도 모두 나에게 나름의 의미가 있지만, 2015년 을미년 환갑을 맞이하여 독자 여러분 앞에 다시 새롭게 내놓는 제6시집 "당신에게 · 둘"은 나의 인생에 있어서 정말 특별한 의미가 있는 것 같다.

　제6시집 "당신에게 · 둘"은 그동안 살아오면서 부딪히는 수많은 에피소드들을 통해 느껴지는 다채롭고 예민한 감정들을 마치 고해성사처럼 한 폭의 산수화를 완성하듯 세심하고 감미롭게 빼곡히 담아 그려 놓았다.

　누구나 사는 동안 쉼 없는 여로를 걸으면서 수많은 느낌과 감정들을 느끼겠지만 이러한 소중한 느낌과 감정들을 하나도 흘려보내지 않고 투명한 그릇에 곱게 담아 앞으로 살아가면서 가끔씩 들여다보고 또 누구나가 볼 수 있도록 꾸밈없이 그려 놓았다.

앞으로도 쉬지 않고 끊임없이 나의 가슴속 이야기들을 하나하나 꺼내 펼쳐 나가겠다. 계속 변함없는 사랑과 관심으로 지켜봐 주고 격려해 주기를 바란다.

그동안 지도해 주시고 이끌어 주신 한실문예창작 지도 교수 박덕은 박사님, 그리고 오랜 세월 함께 문예 창작의 길을 걸어오고 있는 한실문예창작의 여러 문우님들, 그리고 격려를 아끼시 않았던 친지, 친구, 지인들에게도 다시 한번 감사의 마음을 전한다.

특히 사랑하는 나의 아내와 큰딸, 작은딸, 아들, 그리고 사위, 나의 행복덩어리 외손자에게 나의 뜨거운 사랑을 보낸다.

- 2015년 8월 뜨거운 태양의 열정을 온몸에 흩뿌리며
시인, 화가 박봉은

祝詩

박봉은

내면이 고독한
바위 하나
태초부터 울었다

그 진한 울음 속에는
늘 시심이 너울댔고
의지가 꽃피어났다

때로는 자존감으로
때로는 활화산으로
때로는 외딴 섬으로

오늘도 밤새워
뻐꾸기가 노래하고
제비가 날아간다

그 어떤 변화에도
오래도록 자라난
꿈들은 여전하다

때로는 시집으로
때로는 그림으로
때로는 노래로

이제 당당히
날갯짓을 할 때
바로 지금

저 멀리
우주의 빛이
번뜩이는 수평선까지

보폭 큰
발걸음을 떼어
서녘 하늘을 넘을 때

오래도록 익혀온
열정의 깃발을
높이 들어 휘저을 때

자랑스런 나팔의
메아리를 감동 깊이
산야에 절절절 흩뿌릴 때.

차 례

박봉은 시인의 시집 출간을 축하하며 - 박덕은   ··· 4
작가의 말   ··· 22
祝詩 - 박덕은   ··· 24

당신에게 · 둘

당신에게 · 66   ··· 32
당신에게 · 67   ··· 36
당신에게 · 68   ··· 40
당신에게 · 69   ··· 44
당신에게 · 70   ··· 46
당신에게 · 71   ··· 48
당신에게 · 72   ··· 50
당신에게 · 73   ··· 52
당신에게 · 74   ··· 54
당신에게 · 75   ··· 56
당신에게 · 76   ··· 60
당신에게 · 77   ··· 62
당신에게 · 78   ··· 64

당신에게 · 79 ··· 66

당신에게 · 80 ··· 68

당신에게 · 81 ··· 70

당신에게 · 82 ··· 74

당신에게 · 83 ··· 76

당신에게 · 84 ··· 80

당신에게 · 85 ··· 84

당신에게 · 86 ··· 88

당신에게 · 87 ··· 92

당신에게 · 88 ··· 96

당신에게 · 89 ··· 100

당신에게 · 90 ··· 104

당신에게 · 91 ··· 106

당신에게 · 92   … *108*

당신에게 · 93   … *112*

당신에게 · 94   … *114*

당신에게 · 95   … *116*

당신에게 · 96   … *118*

당신에게 · 97   … *120*

당신에게 · 98   … *122*

당신에게 · 99   … *124*

당신에게 · 100   … *126*

당신에게 · 101   … *128*

당신에게 · 102   … *130*

당신에게 · 103   … *132*

당신에게 · 104   … *134*

당신에게 · 105   … *136*

당신에게 · 106   ··· *140*

당신에게 · 107   ··· *144*

당신에게 · 108   ··· *146*

당신에게 · 109   ··· *148*

당신에게 · 110   ··· *150*

당신에게 · 111   ··· *152*

당신에게 · 112   ··· *154*

당신에게 · 113   ··· *156*

당신에게 · 114   ··· *158*

당신에게 · 115   ··· *160*

당신에게 · 116   ··· *164*

〈기억 그리고……〈목우공모미술대전 50회 특선작〉〉

당신에게 · 66

나는 당신을 정말
미치도록 사랑하고 싶습니다
그리고 나는
당신의 사랑을 받는
그런 운 좋은 사람이 되고 싶습니다

이 모든 소망이
한낱 꿈일 수도 있습니다
그러나 나는 이 모든 것을
두려워하지도
포기하지도 않을 것입니다

지금 내가 보는 현실에서
절대 이루어질 수 없는
꿈속만의 사랑이라면
영원히 거기서
깨어나지 않을 것입니다

이 한몸 불살라
나에게 너무 소중한

당신의 사랑을 가질 수만 있다면
두려움 없이
그렇게 할 것입니다

이 한몸 찢어서
분명 아름다운
우리의 사랑을 만들 수만 있다면
망설임 없이
그렇게 내던질 것입니다

차가운 천길 얼음벽이
내 앞을 가로막더라도
당신의 사랑을 얻을 수만 있다면
기어코 꼭대기에 오를 것입니다

강하고 날카로운 만릿길 가시밭길이
내 앞을 가로막더라도
당신의 사랑을 받을 수만 있다면
꿋꿋이 건널 것입니다

지글지글 하늘 닿는 불길이
내 앞을 가로막더라도
우리의 사랑을 이룰 수만 있다면
온몸이 재가 되어
한줌 흙이 되어 사라질지라도
처절히 길을 뚫고 나아가겠습니다

이 세상 어느 것도
이 세상 어느 누구도
나의 사랑을 꺾어 놓지 못합니다

언젠가는 꼭
당신에 대한 소중한 나의 사랑을
꼭 이루고야 말겠습니다.

〈강낭콩의 화려한 부활-10p(53×41cm)〉

당신에게 · 67

어느 날부터인가
우리에게 짙게 드리워진
검은 그림자는 사라질 줄 모르고
우리를 비웃으며
집요하게 따라다니고 있습니다

그 속에서는
아무리 아름다운 꽃도
아름다워 보이지 않습니다
아무리 맛있는 달콤한 과일도
씁쓸하기만 합니다

항상 순수하고 착하기만 했던
당신의 그 고운 마음씨도
어느새 거칠고 사나워졌습니다

작고 보잘 것 없는 선물에도
항상 좋아하고 몹시 기뻐했던
그 소박했던 마음씨도
언제부터인가 탐욕스럽고

흉측하게만 변해갔습니다

어떤 때는 당신도
자신의 변해 가는 모습을
스스로 가끔은
깨닫는 것 같기도 합니다

그러나 그것을
스스로 인정하려고 하지 않고
또 항상 그런들 뭐가 어떠냐는 식으로
엉뚱하게 자신의 입장을
합리화시키려고만 합니다

자신의 모습을 바로 보고도
잘못되어 가고 있다는 것을
전혀 깨닫지 못하고 있습니다

자신의 변해 버린 마음과
자신의 변해 버린 모습을
바라다보려고도 하지 않고

또 그걸 알아보려고도 않습니다

나는 제발 당신이 언젠가
그 옛날 순수하고 소박했던 시절로
되돌아가서
우리 소중한 사랑이 서로에게
이 세상 무엇보다도 소중하다는 것을
부디 깨닫기를 간절히 바랍니다.

〈계곡의 여유로움-20p(72.7×53cm)〉

이제 당신을 정말로
내 곁에서 놓아 주려 합니다

이제부터 당신을 자유롭게
마음 편하게 살 수 있도록
나의 마음속 유리상자에서
꺼내 주려 합니다

항상 나와 함께한다는
공간 속의 존재감이
나를 서글프게 한다 할지라도
사랑하는 당신이 원 없이 자유롭게
하늘을 날을 수 있도록
이제 나는 당신을 떠나보내려 합니다

예전처럼
어떤 증오 때문에
과거처럼
어떤 편협한 이기심 때문에
당신을 포기하는 것은

결코 아닙니다

당신에 대한
사랑의 샘물이 말라서
당신에 대한
감미로운 향기가 없어서
그런 것도 결코 아닙니다

다만 지금까지 당신에 대한
나의 사랑이
당신을 행복의 보금자리에
편안히 잠재우는 것이 아니라
항상 마음 불편하게 하고
항상 구석진 곳에
온몸이 살을 에는
찬바람 스며들게 하는
그런 야멸찬 짓이었다는 걸
나는 지금에서야
스스로 깨달았기 때문입니다

그리고 그것은
당신에 대한 나의 사랑이
향기 나는 무지갯빛 사랑이 아니라
철저한 나의 집착이었다는 것도
지금 뼈저리게
느끼고 있기 때문입니다

앞으로는 당신이 소유하는
모든 시간과 공간을
마음 편하게 살 수 있도록
나의 모든 이해와 아량을
당신에게 전부 선물하고자 합니다

당신은
이제부터
그야말로
자유입니다.

park Bong Eun, 2014.4

〈나팔꽃 사랑-10F(53×45.5cm)〉

당신에게 · 69

깊은 늪에 빠져
허우적대는 나를 보고
야릇한 미소 보이며
조롱하지 마세요

온몸이 비에 젖어
추위에 떨고 있는 나를 보고
웃음 뒤에 숨기며
우롱하지 마세요

바람에 이리저리
고개 숙이는 갈대보다는
독야청청 우뚝 서서
온몸이 부러지는
한 그루 소나무가 되고 싶네요

차라리 같은 죽음이라면
자존심 당당하게 세우고
정의의 깃발 꼿꼿이 세우고
그렇게 최후를 맞고 싶네요

위선의 갑옷을
수천 겹 끼워 입고서
표정 드러나지 않는
가면을 쓴 채
사랑이라는 의미를
창끝에 매달고서
나에게 다가오지 마세요

싫으면 싫다고
좋으면 좋다고
서로에게 선명히
고백하는 게
차라리 그나마
아름다운 모습일 것 같네요

떠나더라도
당신의 참모습을
보여주고 가는
마지막 한줌의 용기라도
손에 주워 들고 가세요
그것만이
사랑을 지키는
최소한의 예의일 것 같네요.

당신에게 · 70

당신을 안 보면
보고픔의 파도가
밀물처럼 몰려와
나의 온몸을 쪼아대고

보고 또 봐도
그래도 또
그리움의 파도가
우루루 몰려와
나의 온 마음을 할퀴어대고

당신이 곁에 있으면
그렇게도
행복의 샘물이
철철 넘쳐흐르는데

당신이 없으면
왠지 그렇게
허전함의 홍수가
나의 온 가슴을

그렇게 휩쓸며 지나가 버리고

당신이 곁에 없으면
마음의 초롱불은 꺼져 버리고
손에 익숙한 일조차도
나의 손을 외면하며 나가 버리고
항상 즐겨 먹던 음식도
나의 혀를 외면하고
당신과 함께 먹으면
더 감칠맛이 나고

그렇게 아름다운 경치도
그렇게 예쁜 꽃봉오리도
당신과 함께 바라보면
그렇게 아름답고
그렇게 예쁘게만 보이던 것도
당신이 없으면
더이상의 아름다움도
더이상의 예쁨도
존재치 않음을 느낍니다
이런 감정들이
서로에게 존재하는 것이
진정한 사랑인가 싶습니다.

당신은 어리석습니다
아니 어쩌면
당신은 참으로 바보입니다

사람들의 눈이 부끄러워
자신의 가슴속 감정을
철저하게 숨기고 삽니다

사랑하면서도
또 그렇게 미워하면서도
자신의 감정을 쉽게
밖으로 끌어내지 못합니다
항상 천길 지하 감옥에
숨기고 또 숨기고 삽니다

혹시나 밖으로 새어 나갈까 봐
걱정의 종이를
덧대고 또 덧대어 발라 버립니다

그래도 부족해서

소리가 나가지 못하도록
마음의 창을 닫고
혹시라도
지나가는 바람에 열리지 않도록
대못까지 박아 버립니다

이젠
비까지 주룩주룩 내립니다
가슴속엔 곰팡이가 피어서
냄새가 진동합니다

더이상 썩어 가기 전에
마음 창문 활짝 열고
금빛 햇살 입고
사랑의 봄바람 타고
훨훨 날아가길 바랍니다.

당신은
참으로 차가운 사람입니다
이 세상 그 어떤 얼음도
당신의 마음보다
그렇게 차갑진 않을 겁니다

당신은
참으로 독한 사람입니다
이 세상 그 어떤 독약도
당신의 마음보다
그렇게 독하진 않을 겁니다

이제 나는
정말 떠나려 합니다
나를 위로해 줄 생각일랑
하지 마세요

난 내 스스로
나를 다스려 갈 줄 압니다

그것이
당신에게 남겨 주고 싶은
나의 마지막 선물입니다.

당신에게 · 73

당신은
지금 멀리 떠났습니다

나는 당신을 내 곁에 가까이
잡아두려 하지만
당신은 머무르려 하지 않습니다

나는 당신을 내 곁에 오랫동안
묶어 두려 하지만
당신은 기다리려 하지 않습니다

당신을 더 오래
내 곁에 잡아두고 묶어두면
당신을 바라보는 내 마음이야
꽃향기 넘실대는 아름다운 꽃밭이겠지만

속박 받은 당신은
물 밖으로 나온 물고기처럼
금방이라도
숨을 멈춰 버릴 것만 같습니다

그것이 진정
당신이 가고자 하는 길이라면
무엇이든 내 눈치 보지 말고
당신 맘 편한 대로 하세요

그것이 진정 당신에게
신선한 활력소가 된다면
기꺼이 그렇게 하세요

어딜 가더라도
항상 마음 편하게
상쾌한 자유를 만끽하고
가벼운 발걸음으로 살아가길 바랍니다.

당신에게 · 74

으슴츠레 스잔함은
소리 없이 발밑으로 다가와
바짓자락 잡고 칭얼대며
지금 저렇게
요란을 떨고 있습니다

덩달아 나의 마음까지도
깊이 묻어 두었던
피멍 든 추억 한 쪼가리를
꺼내 듭니다

쉽게 이별을 허락했던
연분홍빛 상념의 모순을
이제서야 발견하고
가슴속에 담아 보려 하지만
이미 때는 늦었습니다

이제 색이 바랠 대로 바래
당신의 모습이
거의 희미해져 버린 지금

당신에 대한 보고픔은
시간이 흐를수록
더욱더 짙은 갈색으로
거칠게 물들어만 갑니다.

당신에게 · 75

당신이 나를 만나
전보다 더욱더 행복하기를
진심으로 바랐습니다

그게 내가
당신을 만난 이유였고
그게 내가
당신을 사랑한 이유고
그게 내가
이 세상에 존재하는 이유입니다

그러나 당신은
잠시도
나를 떠나려 하지 않습니다

내가 잠시라도
당신 곁을 비우면
당신은 금방 우울해 합니다

또 당신은

내가 조금만
당신에게 소홀히 대하면
금방 속상해 합니다

그리고 당신은
내가 조금만
당신에게 다정하게 대하지 않으면
금방 토라져 버립니다

서로를 끔찍이 사랑하면서도
서로가 없으면 못 살 것 같으면서도
우린 시시때때로 싸우고
자주 서로에게 서운해 합니다

이게 진정한 사랑인지
아니면 괜한 집착은 아닌지
우리는 말로만
진실로 사랑한다 말하고는
실제로는 서로에게
아주 깨알 같은

그런 볼품없는 사랑만을
서로에게 내밀고 있을 뿐

천년바위 같은
변함없는 사랑이 아니라
아침 이슬 같은
순간의 사랑은 아닌지
별이 어깨 위로
우수수 쏟아지는 달 밝은 이 밤
우리의 사랑에 대해
좀더 깊이 생각해 봐야겠습니다.

〈무궁화-10p(53×41cm)〉

당신에게 · 76

오래 삭힌 된장처럼
우리 사랑은 날이 갈수록
맛이 더 진해져 갑니다

가을 햇살에
달콤하게 익어가는 과일처럼
그렇게 우리 사랑도
점점 더 익어 가고 있습니다

눈에 보이지는 않지만
그렇게 유별난 향기도 없지만
우리 사랑이
꽃보다 더 아름답게
꿀보다 더 달콤하게
우리의 곁에서 자라고 있음을
느낄 수가 있습니다

서로를 바라보는 눈빛에서
사랑의 깊이를 깨닫고
서로에게 보내는 말투에서

사랑의 높이를 알 수 있고
서로에게 보내는 미소에서
사랑의 넓이를 느낍니다

이 세상에
아무리 아름다운 꽃이 존재한들
어찌 아름다운 당신만 하겠습니까

이 세상에
아무리 달콤한 꿀물이 존재한들
어찌 우리 사랑만 하겠습니까

이 세상에
아무리 값비싼 보석이 존재한들
어찌 소중한 당신만 하겠습니까

이 세상에 태어나
운 좋게 당신을 만나
세상에서 부러울 것 없는
그린 아름다운 사랑을 이루며
이 세상에 숨쉬고 살고 있음을
이 세상 모든 신들에게
온 마음으로 감사를 드립니다.

당신은 참 아름답습니다
그리고 당신은
참으로 착한 사람입니다
더군다나 당신은
나를 지독히 사랑합니다

그러나 나는 감히
당신을 사랑할 수가 없습니다
왜냐하면 나는 당신을
행복하게 해줄
그럴 자신이 없기 때문입니다

이런 내가
행여 당신을 사랑했다가
당신을 불행하게 할 수 있고
맨 처음 기대한 것처럼
서로의 사랑이
아름답게 꽃피우지 못 할 수도 있고
나라는 존재가 오히려
당신의 행복에 걸림돌이 될까 봐

그게 두렵습니다

물론 나도
당신을 너무 너무 사랑합니다
그리고 당신을
영원토록 사랑하고 싶습니다
그러나 진정한 사랑은
내가 사랑하는 사람의 행복을 위해서
나의 사랑을
포기할 줄도 알아야 한다고 봅니다

부디 어디에 있든
부디 어디에 살든
부디 행복하게 살기를 빌겠습니다.

당신에게 · 78

그래요
난 당신에게
잘못한 게 너무 많은 것 같습니다

나로서는 잘한다고 했는데
그것이 당신에게는
아픔이었나 봅니다

나로서는 당신을
세상에서 제일
행복하게 해준다고 했는데
그것이 당신에게는
항상 아쉬움으로만 남았나 봅니다

나로서는 당신을
기쁘게 해준다고 했었는데
그것이 당신에게는
고통의 늪이었나 봅니다

당신에게 항상

좋은 사람이 되지 못해서
지금 많이 후회하고 있습니다

무엇 때문에 그랬었는지
좀더 나은 방법은 없었는지
잘못 오해하고 있지는 않았는지
반성하며
당신을 위하는 길을 걷겠습니다

앞으로는 빈자리에
정성껏 당신의 생각을 담아
사랑으로 잘 버무려
고이 절여두겠습니다.

나는 당신을
사랑하지 않습니다
그것을
눈치채지 못하는 당신은
참으로 답답합니다

당신을 사랑하지 않는다고
당신에게
직접 말할 수 없습니다

당신을
사랑해 주지 못하는 것만으로도
정말 미안한데
마음의 상처까지
주고 싶지는 않습니다

당신은 정말
매력이라곤 눈꼽만큼도 없는
그런 아주 평범한 사람입니다

당신은 아직도 내가
당신을 많이 사랑하고 있다고
굳게 굳게 믿고 있는 모양입니다
그러나
그것은 당신의 착각입니다

당신은 나를 배려하는 마음도
전혀 없고
나를 위한 희생정신도
거의 찾아볼 수가 없습니다

나는 당신을 내 기억 속에서
지워버린 지 오래입니다
가뭄의 논바닥처럼 미련조차
한 방울도 남아 있지 않습니다

그런 당신을 위해
내가 베풀어 줄 수 있는 것은
오직 하나 침묵하는 것뿐입니다
이 보약 한 사발 들이키고
부디 철이 들기를
간절히 간절히 소망해 봅니다.

사랑하기 때문에
건넸던 말들이
날카로운 화살이 되어
당신의 가슴을 찌를 줄
미처 몰랐습니다

사랑하기 때문에
쓰다듬어 주었던 손길이
징그러운 벌레가 되어
당신의 몸을 스치는 줄
미처 몰랐습니다

사랑하기 때문에
바라보았던 다정한 눈길이
찐득찐득한 거미줄 되어
당신의 온몸에 달라붙는 줄
미처 몰랐습니다

사랑하기 때문에
당신에게 보냈던 관심들이

뱃멀미가 되어
당신의 뱃속을 토하게 할 줄
미처 몰랐습니다

정말 바보처럼
예전엔 미처 몰랐습니다
수많은 아픔의 언덕을 넘고서야
비로소 깨달았습니다

진정한 사랑은
가까이서 옭아매는
지나친 관심이 아니라
멀리서 없는 듯 조용히 지켜보는
따스한 애정이라는 것을.

당신에게 · 81

지금
서리 위로 전해져 오는
당신 마음을
이제는 느낌으로 압니다

구태여
말하지 않아도
악취 가득한 당신 마음을
금방 압니다

사랑이 항상
영원하리라는 법은 없겠지만
그래도 지금
얼음 부서져 내리듯
허망하게 사라지는
우리 사랑을 바라보며
왠지 아이스크림을 먹다가
땅에 팽개쳐 버리는 것처럼
허전하고 서글픈 마음을
지울 길이 없습니다

이제는 모든 게 다
색이 바랠 대로 바래고
이제는 모든 게 다
쪼그라지고 찢겨져 버린 채
찬바람 출렁대는
쓸쓸한 길거리에 나뒹구는
처량한 낙엽들처럼
당신의 모습도 그렇게
나의 뇌리 속에서
초라하고 볼품없이
일그러져 가고 있습니다

예쁘고 화려했던
가장 빛나는 아름다움으로
수줍어했던
가장 순수한 마음으로
우리 사랑을 잉태했던
지난날들은
헛것을 바라보고 있는 것처럼
그렇게 아득한 기억 속으로

사라져 가고 있습니다

한때나마 당신을
진정으로 사랑했기에
나는 당신이
이제 새로 태어난 것처럼
더 아름다운 세상 속에서
더 좋은 사람 만나
더 황홀하고 아름다운 사랑
부디 꼭 이루어 가기를
간절히 바라고 바랍니다.

⟨백색의 자태-20p(72.7×53cm)⟩

당신에게 · 82

제발 나를 그냥 내버려 둬요
바람처럼 소리 없이 사라지게
그냥 못 들은 척해 줘요
안개처럼 흔적없이 사라지게
그냥 못 본 척해 줘요

쳐다보면 마음 아프니까
알고 나면 가슴 저미니까
그냥 아침에 사라지는
어둠처럼 그렇게
슬그머니 당신 곁에서
사라지고 싶어요

때론 미련이 남아
주저앉아 버리고 싶지만
때론 아픔이 남아
눈물이 쏟아지려고 하지만
그래도 용감히
자리를 털고 일어날래요

녹아내리는 달콤함에 붙들려
당신 곁에서 점점 망가져 가는
나의 철없는 뒷모습을
더이상 바라보기가
두렵고 부끄럽습니다

당신을 나의 목숨보다도
더 사랑하기에
진정한 당신의 행복과
새로운 당신의 미래를 위해
나의 육신을 찢어발기며
떠나는 고통을 짓이겨
씹어 삼키고자 합니다.

당신에게 · 83

그래요
이제 와서
누가 누굴 탓하겠어요

우리가 이렇게 된 건
다 내 책임이지요
비겁하게 아니라고
발버둥치지 않을게요

하나가 잘못되었든
전부가 잘못되었든
다 내 잘못이에요

우리의 사랑을
아름답게 승화시키지 못하고
여기서
주저앉게 만든 것에 대해서도
사죄하고 싶어요

당신에게 자상하지도 못했고

당신에게 친절하지도 못했고
당신을 행복하게 해주지도 못했고
그동안 당신을 위해서
내가 해준 게
뭐라고 딱히 내세울 만한 게
하나도 없네요

겨울철 날이면 날마다
당신을 찬물에
손 담그게 했고
여름철엔 날이면 날마다
서늘한 그늘 아래
쉬게 해주지도 못했네요

비록 바쁜 나날 속에
살고 있다고는 하지만
그래도 당신한테 소홀했던 건
내 자신마저
절대 용서를 못하겠네요
지금부터라도 당신에게

죽는 그 순간까지
나의 남은 모든 정성을
다 쏟아붓고 싶어요

부디 너그러운 마음으로
그동안의 나의 모든 허물을
용서해 주시기 바래요.

〈백합의 속삭임-10p(53×41cm)〉

당신에게 · 84

이 시간
당신에게 정말 미안합니다
그동안 아무 생각 없이 당신을
너무나 많이 사랑했습니다

이 세상에 갓 태어난 아기처럼
양심도 체면도 행복도 운명도
그땐 아무것도 몰랐습니다

가엾은 나방처럼
그저 감정에 이끌려
속수무책으로
당신을 사랑했습니다

찢겨진 몸을 추스리고
시커멓게 타 버린
사랑의 텃밭을 바라보고서야
비로소
세상을 바로 볼 수 있었습니다

불과 물이 같이 살 수 없듯이
우린 서로에게
독이 되고 있다는 걸
여태 모르고 살아왔습니다

이제부터라도 우린
물이 풀과 나무와 살 듯이
불이 솥과 아궁이와 살 듯이
그렇게 서로 맞는 짝을 골라
나머지 소중한 시간들을
행복하게 살아가야 합니다

서로를 원망하거나
서로를 미워하거나
서로에게 상처 주는
그런 슬픈 일은
제발 없도록 해야 합니다

새 마음으로
새 기분으로

새 도전으로
이 세상을 다시
밝게 살아갈 수 있음에
서로에게
정말 고맙게 생각해야 합니다.

〈백합의 탄생-10p(53×41cm)〉

당신에게 · 85

제발 그런 눈으로
날 바라보지 말아요
제발 그런 표정으로
날 대하지 말아요

이 세상 어느 누구보다도
당신을 사랑하고 있으면서도
당신을 사랑할 수 없음을
제발 이해해 줘요

사랑이라고 해서
다 향기로운 건 아니에요
사랑이라고 해서
다 아름다운 건 아니에요

때론
안개에 가려진
못생기고 흉칙한
그런 도깨비 같은 것일 수도 있어요

때론
달콤함에 가려진
차갑고 인정머리 없는
그런 독약과도 같은 것일 수도 있어요

색깔이 아름답다고
모양이 이쁘다고
함부로 만지거나
서둘러 마시지 말아요

두 눈 똑바로 뜨고
두 귀 쫑긋 세우고
킁킁 냄새 맡으며
한 걸음 한 걸음 걸어가야 해요

그렇다고
너무 몸 사리지도 말아요
그러다 너무 늦으면
겨울 아침 이슬처럼
해가 뜨자마자

금방 사라져 버릴 수도 있으니까요

사랑은
아주 부드러운 솜사탕처럼
연하디연한 무화과처럼
조심 조심 만져야 하고
내리비치는 가을 햇살처럼
다가올 때
기꺼이 품에 안아야 해요.

〈수선화의 기다림-10p(53×41cm)〉

당신에게 · 86

이제는 모든 게 다
지나간 이야기입니다

한밤중 숯불처럼
우리의 사랑도
이제 다 사그라져 버렸습니다

냉기 가득한 잿더미 속엔
사랑의 불씨라곤
진딧물 눈물만큼도
찾아볼 수가 없습니다

음산한 행복 위에는
슬픔을 먹고 사는
잡초만 가득합니다

그토록 사방에 넘실대며
진동하던 꽃향도
서릿바람에 실려가 버린 지
오래입니다

그 자리엔 지금
쓸쓸함과 외로움이
커다랗게 둥지를 틀고
마치 자기 보금자리인 양
염치없이 앉아
꾸벅꾸벅 졸고 있습니다

어떤 변명을 뿌려 봐도
어떤 눈물을 흘려 봐도
검붉게 물든 그 자리는
더이상 지울 수가 없습니다

지울수록 그 자리엔
깊게 패인 아픈 상처만
선명히 남습니다

미안함 한 바구니와
미소 한아름과
후회 한 꾸러미 들고 와서
예쁘게 치장해 보려 하지만

이내 다 시들어 버리고 맙니다

이제 우리는
다시 처음으로 돌아가서
운명의 끈을 부여잡고
두 눈을 양심으로 가린 채
해맑은 사랑의 탄생을
초조히 기다려야 할 것 같습니다.

〈아름다움.1-10p(53×41cm)〉

당신에게 · 87

이제 우리는
차가운 이별을 준비해야 합니다

이 밤을 지새우고 나면
가슴을 아프게 태워 버릴
햇빛을 피해
어두운 안개 속으로
나는 소리 없이 떠나야만 합니다

알을 낳고 죽어 가는
힘없는 연어 떼처럼
사랑을 잉태해 놓고
나는 초라하게 추억 속으로
쓸쓸하게 사라져 가야 합니다

그렇게
열정적으로 다듬어 놓은
나의 소중한
선홍빛 사랑이지만
그렇게

반짝반짝 닦아 놓은
나의 아름다운
백옥빛 사랑이지만

한 번 얼어
얼음으로 변해 버린
순수한 사랑은
녹아서 다시 물이 되어도
원래의 모습을
절대 되찾을 수가 없답니다

한 번 불에 타
회색빛 잿더미가 되어 버린
참혹한 사랑은
아무리 후회해도
다시는
나에게 돌아올 수가 없답니다

이젠
서로의 마음을
존중해 줄 수 있기를
마지막으로
당신에게 간절히 바랍니다

존재 가치가 없는 사랑은
버려질 수밖에 없고
또 그런 사랑은
다시 태어날
새로운 사랑의 밑거름이
되어야 할 테니까요

새롭게 잉태할
다른 아름다운 사랑을 위해서
새롭게 태어날
다른 신비로운 사랑을 위해서
이제
추호의 미련도 없이
나는 당신을 버리고자 합니다

부디
용서해 주기 바랍니다.

〈아름다움.2-10p(53×41cm)〉

당신에게 · 88

아래로 흘러내린 계곡물은
다시는 계곡 위로
거슬러 올라갈 수 없듯이
시위를 떠난 화살은
다시는 돌아올 수 없듯이
땅바닥에 쏟아져 버린 포도주는
다시는 주워 담을 수 없듯이
깨져 버린 유리잔은
다시는 복원할 수 없듯이

우리의 사랑도 마찬가지입니다
이미 산산조각이 난
우리 사랑은 이젠
아무런 형상도 아무런 색깔도
갖고 있지 않습니다

지금 우리의 이별이
누구의 책임이든
그것은 우리에게
결코 중요하지 않습니다

단지 지금의 이별이
우리에게 현실로 다가와
사슴을 노리는 이리떼처럼
우리 행복을 짓밟고
할퀴어대고 있다는 것입니다

이젠 정말 지우고 싶은데
하얀 종이 위에 번져 버린
까만 먹물자국처럼
지워도 지워도
절대 지워지지가 않습니다

다시는 돌아볼 수 없게
다시는 형체를 알 수 없게
낡고 냄새 나는
나의 가슴속 사랑을
내동댕이쳐 버리고
다시 새롭게
다른 신선한 모습으로
다시 태어나고 싶은데

이젠 정말 떠나고 싶은데

자석에 무작정 이끌리는
힘없는 쇳가루처럼
떠나려 떠나려 해도
절대 떠날 수가 없습니다.

〈아름다움.3-10p(53×41cm)〉

당신에게 · 89

참으로 당신을
도저히 이해할 수가 없어요
그만큼 의미 있게
내 마음을 전했으면
살며시 곁을 떠나주는 게
당신이 나에게 줄 수 있는
최소한의 도리일 텐데
그것마저도 당신은 묵살하며
나를 괴롭히고 있어요

나는 당신 같은 사람을
좋아하지 않아요
그냥 인사치레로 내뱉은 말을
곧이곧대로 믿지 말아요

자신의 모습을
그렇게도 망각하고 사는지
무작정 볼품없이 달려드는
당신의 모습이
참으로 추하게 보입니다

사람이 태어나서
단 몇 초를 살더라도
당당하고 의연하게 사는 게
가장 사람다운 모습일 텐데

사람이 태어나서
아무리 원수가 되어 떠난다 해도
가장 아름다운 모습으로
남기 위해 노력하는 게
사랑했던 이들의
상대방에 대한 마지막 도리일 텐데

제발 부탁하건대
이제 더이상 나를
괴롭히지 말아요
빨리 내 시야에서
빨리 내 기억 속에서
멀리 멀리 사라져 주기를
당신께 그리고 천지신명께
빌고 또 빌어 봅니다.

〈잊혀진 공간(목우공모미술대전 51회 특선작)〉

당신에게 · 90

요사이 몸이 아파
예전보다 부쩍 더
힘들어 하는 것 같습니다

집에서 요리하다가
또 설거지하다가
접시나 그릇을
자주 떨어뜨려 깨뜨립니다

손가락힘이 없다며
팔힘이 없다며
발목이 아프다며
어깨가 아프다며

내가 당신에게 해줄 수 있는 건
아무것도 없음을 알기에
그냥 어둠 속에서
깊은 탄식의 모닥불만
피워대고 있습니다

내가 힘들어 방황하던 때
든든한 친구가 되어주던 당신
내가 어둠 속을 헤맬 때
밝은 호롱불이 되어주던 당신

내가 길을 잃고 헤맬 때
안내자가 되어준 당신
내가 외로워 울고 있을 때
사랑으로 눈물을 닦아준 당신

밤하늘 별보다 많은
사랑과 고마움을 내게 준 당신
백사장 모래보다 많은
행복과 즐거움을 준 당신

세상 사는 동안
갚아도 갚아도
억겁을 산다 해도
도저히 갚을 수 없을 것 같습니다

당신이 긴 고통의 터널에서
내쉬는 숨소리마다
나의 애간장은
바삭 바삭 타들어 갑니다.

당신에게 · 91

제발 그렇게 울지 말아요
당신이 울면 울수록
나를 고통의 가마솥에 넣고
마른 장작을 더 쑤셔 넣어
더욱더 활활
불을 지피는 것과 같습니다

나를 사랑한다면
울지 말아요
당신의 눈에서 떨어지는
눈물 한 방울은
나의 애끓는 피 한 방울과 같답니다

지금 현재
당신의 눈에 보이는 세상이나
당신의 기억 속에
남아 있는 세상이나
다른 것은 아무것도 없습니다

제발 혼자 외로워 말아요

내가 가더라도
나의 마음만은 당신 곁에
영원히 남아 있을 테니까요
그리고 당신을 항상
지켜보고 있을 테니까요

곁을 지키는 사랑보다
떠나보내는 사랑이
더 어렵다는 걸 나도 잘 압니다

그러나
눈에 보이는 사랑보다
당신의 마음속에
살아남아 있는 사랑이
더욱더 소중하다는 것도
당신이 꼭 알아주었으면 합니다.

당신에게 · 92

우리가 결혼해서
지금까지 살아오는 동안
당신은 항상
내가 주는 사랑만 받아 왔고
내가 주는 친절만 챙겨 왔습니다

당신은 항상
내가 당신에게만
관심을 기울여 주기를 바랐고
내가 당신만을
사랑해 주기를 원했습니다

나는 그렇게 했고
나는 또 그것이 당연하다고
항상 생각했습니다
그러나 나이가 들어가면서
나의 생각이 조금씩
바뀌어 가는 것 같습니다

슬그머니

당신의 관심을 끌고 싶고
괜히 당신에게
어리광부리고 싶습니다
이렇듯
자꾸만 내가
어린애가 되어 갑니다

어쩔 때는
당신이 누나 같고
어쩔 때는
당신이 엄마 같습니다
이렇듯
자꾸만 내가
철부지가 되어 갑니다

그러나
천년바위처럼 굳건한
당신에 대한 나의 사랑이
변해서 그런 건 아닙니다
오히려 그 반대입니다

우주처럼 장대했던
당신에 대한 나의 사랑이
이제는 포근한

당신의 사랑 속으로 스며들어
안락한 참된 사랑으로
녹아들었기 때문입니다

앞으로도 천년만년 변함없이
당신을 사랑할 겁니다
그리고 항상 당신의
든든한 동반자가 될 겁니다

당신도 이제부터는
나에게 사랑을 베풀어 주고
친절함도 베풀어 주고
항상 진득한 관심을
가져 주기 바랍니다

당신을
하늘땅만큼
사랑합니다.

〈아름다움.4-10p(53×41cm)〉

당신에게 · 93

전혀 다른
세상에서 태어났었고
전혀 다른
환경에서 자랐던 우리

당신과 나 사이의 허물은
모두 닳고 닳아
이젠
수정처럼 투명해진 지 오래

마음의 정원밭에
굳게 닫혀 있던 철문도
흔적없이 녹아 버린 지 오래

우리는
자신도 모르는 사이에
이미 오래 전부터
심장도 하나
가슴도 하나
머리도 하나가 되어 버렸습니다.

〈아름다움.5-10p(53×41cm)〉

당신에게 · 94

사랑하는 당신
울고 싶을 때는 언제든지
그냥 소리 내서 엉엉 울어 버려요

철없던 아이들처럼
그냥 후련하게
목청껏 울어 버려요

울음 뿌리
송두리째 뽑아내 버려요

그리고
다시는 울지 말아요

당신이
혼자가 아니라는 걸
눈 크게 뜨고 쳐다봐요

우리가 꿈꾸는 천국은
우리 마음속에 있어요

우리가 바라는 행복은
바로 우리 가슴속에 있어요.

〈아름다움.6-10p(53×41cm)〉

당신에게 · 95

이제야 돌이켜 생각하면
무얼 하겠습니까

사라진 안개 찾아보듯
이미 다 지나간 일입니다

다시 돌이켜보려 해도
이미 희뿌연 시간더미에
깊숙이 파묻혀 있습니다

나도 한때나마
당신의 향기에 취해
온몸을 던졌습니다

정신 차려 본 그곳엔
시커멓게 불에 탄
상처들만
처참히 나뒹굴고 있었습니다

탓하기 전에

거울을 들여다보고
상처 난 곳을 소독하고
입술에 힘을 주고
발걸음을 힘차게 내디뎌 봅니다

신발 질끈 동여매고
옷깃 잔뜩 여미고
앞만 보고 힘차게.

당신에게 · 96

당신과 내가
일분일초만 서로 어긋났어도
이렇게 서로 만날 수 없었을 텐데
일분일초만 서로 비껴갔어도
이렇게 둘이 만날 수 없었을 텐데

지금 우리가
이렇게 만나 사랑하고
그저 행복해 할 수 있음이
마냥 경이롭습니다

수많은 인연 앞에서
인연의 테두리로 겹겹 둘러싸인 우리
우린 서로 볼 수 있어도
다른 사람은 절대 우릴 보지 못합니다

거친 계곡물에 떠내려가는 작은 쪽배처럼
주어진 숙명 앞에
우린 그냥 순응하며 순순히 따라갈 뿐입니다

가지 않으려고 해도
브레이크 고장난 차처럼
우린 멈춰설 수 없습니다

부딪히면 부딪히는 대로
넘어지면 넘어지는 대로
하늘 쳐다보며
앞으로 앞으로 나아갈 수밖에 없습니다.

당신에게 · 97

돌아오지 않는 메아리를 위해
목이 터져라 외쳐 본들
더 이상 무슨 의미가 있겠습니까

비에 젖은 볏짚더미에
수백 번 불을 붙여 본들
어느 세월에 불이 붙겠습니까

꺼져 버린 화롯불에
고구마를 구워 본들
어느 세월에 구워지겠습니까

이제 모든 걸
차디찬 현실로 받아들이고
망각의 기차를 타고
여행을 떠나려고 합니다

기차가 다다른 곳에 집을 짓고
밤마다 하늘 쳐다보며
야수처럼 살아 보려 합니다.

〈돌배와 꽃-10p(53×41cm)〉

당신에게 · 98

지금 돌이켜 생각해 봐도
당신은
참 멋진 사람입니다

아무것도 가진 게 없는 나를
아무 두려움 없이 선택해서
소중한 모든 걸 무조건
당신은 내게 맡겼습니다

한겨울에 깊은 숲속에 내린
새하얀 눈처럼
그렇게 순수하고도 맑은 영혼으로
깊은 숲속 옹달샘처럼
그렇게 맑고도 아름다운 눈으로

끊임없는 주위의 유혹을 받았음에도
아랑곳하지 않고
굳건히 내 사랑을 받아준 당신이
정말 고맙습니다

죽어서도 정녕 잊을 수 없는
아름다운 향기를
내 온몸에 발라준 당신을
마음 다 바쳐
진정으로 사랑하고 또 사랑합니다.

당신에게 · 99

이별은
그냥 시고 쓰기만 합니다

맑은 물에
천년을 두들겨 빨고 빨아
봄볕에 몇 날 며칠 말려서
다시 향기 나게 입고 싶지만

새롭고 싱싱한 사랑으로
기억의 샘물을 다 말려 버리고
행복한 시간으로
아픔의 상처를 덧대어 발라서
번개처럼 빨리 낫게 하고 싶지만

이별은
다시 끄집어내어
다시 씻을 수도
다시 지울 수도
다시 치유할 수도 없습니다.

〈자목련의 미소-10p(53×41cm)〉

당신에게 · 100

심장이 염산에 타 녹아내리는 것처럼
마음이 너무 아프네요

당신과 헤어져야만 한다는 것도
너무 아프고

이제껏 당신의 마음을 슬프게 했던 것도
너무 아프고

여태까지 당신에게 잘해 주지 못한 것도
너무 아프고

생각하는 시간도
너무 아파서

영원히
잠들고 싶습니다

지금 이 시간
아무것도 모른 채

아무것도 기억을 못한 채
그저 천년바위처럼
영원히 잠들고 싶습니다.

〈호수의 여유로움-20p(72.7×53cm)〉

당신에게 · 101

제발 이제부터는
절대 울지 마세요
이제는 그 진드기 같은 울음을
저만치 갖다 버려요

예쁘고 귀여운 당신의 얼굴이
눈물에 절여져
밉고 못생긴 키 작은 주름살이
눈 밑에 둥지 틀고
당신을 괴롭히고 있잖아요

이제는 활짝 웃어요
가슴속 창문 활짝 열고
시원하고 상큼한 공기
구석구석 가득 들게 해봐요

먼지도 털어내고
햇살도 가득 들게 해요
예쁘고 귀여운 미소
이곳저곳에 가득 뿌려요

뒤돌아보지 마세요
거긴 어둡고 험한
고통의 낭떠러지에요

제발 부탁이에요
이후에는 앞만 보세요
절대 울지 말고
절대 뒤돌아보지 말고
꿋꿋하게 앞만 보고 걸어가세요

또 다른 세상이
당신을 기다리고 있을 거예요
행복하고 편안한
엄마 품안 같은 보금자리가
당신을 반갑게 맞이해 줄 거예요.

당신에게 · 102

당신은 방금
날개 퍼득이며 내려앉은
신비스러운 그리움

꽃잎 더듬거리는
추억의
부드러운 입술 같아요

솜털 같은
봄바람의
순결한 손길 같아요

늦가을 들녘에
시 읊으며 일렁이는
황금빛 물결 같아요.

〈장미 3형제-10p(53×41cm)〉

당신에게 · 103

내가 겉보기엔
아주 강한 것 같지만
사실은
아주 마음이 여린 사람입니다
내가 겉보기엔
아주 장난꾸러기 같지만
사실은
아주 사색적인 사람입니다

나이가 아무리 많이 들어도
십 년이 지나도 백 년이 지나도
나는 항상 어린아이일 뿐입니다
그렇기 때문에
유독 이별이 많은 가을이 되면
마음이 더욱
외로워지고 슬퍼지나 봅니다

당신은
나의
피난처이면서

안식처이기도 합니다

그런 당신과
아름다운 인연을
엮어갈 수 있음에 감사드리고
그런 당신과
이 세상에 함께 존재할 수 있음에
너무 행복합니다.

당신에게 · 104

아무것도 변한 게 없건만
당신은 자꾸만
변했다고 이야기하네요

내 눈에는 보이지 않는데
당신 눈에는 또렷하게
보인다고 이야기하네요

아니라고 해도
달라진 게 없다 해도
믿어주지를 않네요

희뿌연 물안개 속을
휘청휘청 걷고 있으면서도
앞이 잘 보인다고 이야기하네요

볼 때 제대로 보지 못하고
안 봐도 될 때는 보려고 애쓰며
서 있네요

안타까움에 촛불을 켜 보지만
그것도 잠시
휘청거리는 몸짓에
가느다란 촛불마저
조용히 숨을 거두고 마네요.

당신에게 · 105

새삼스럽게 이제 와서
나에게
미안하다고 말하지 말아요

우리의 아픈 이별은
비단 당신의 잘못만은 아니라는 걸
나도 잘 알고 있어요

어쩔 수 없이
변해 가야만 하는 사랑을 붙들고
어디에다 대고
무슨 원망을 하겠어요

사라져 가는 우리들의 사랑을
무슨 방법으로
나약한 우리가 다 막아내겠어요

쏟아지는 빗줄기를
우리의 작은 두 손으로
막아낼 수 없듯이

쏟아져 내려오는 계곡물을
막아낼 수 없듯이
우리가 해낼 수 있는 것은
아무것도 없음을
지금 너무나도 잘 알고 있습니다

갈기갈기 찢겨서
온통 썩어 문드러진
마음 텃밭도
언젠가는 향기 나는 꽃들로
화려하게 피어날 날이 있겠지요

지금은 곰팡이가 슬고
텅 비어 있는
빛바래 구겨진 가슴속에도
언젠가 따사로운 햇빛으로
가득 채워질 날이 있겠지요

지금은
가슴이 너무 시리지만

지금은
마음이 너무 쓰리지만
정말 당신을 너무 사랑하기에
당신의 어깨에 하얀 날개를 달아
저 멀리 멀리 훨훨
자유롭게 날아가게 해주고 싶네요.

〈찔레꽃의 자태-20p(72.7×53cm)〉

당신에게 · 106

자 이제 소리 없이
우리의 소중한 만남을
하얀 종이배처럼 접어
끝을 알 수 없이 흘러가는 강물에
조용히 띄워 보내기로 해요

모든 걸 다 잊고
모든 걸 다 용서하고
부패한 추억들은
미련 없이 모두 다 골라내
사정없이 떼어내 버리고
토실하고 향기 나는 추억만
나눠 가지고
두 눈 마주치지 말고 떠나기로 해요

서로에게
약간의 미련이라도 남아 있을 때
조용히 떠나는 게 좋을 것 같아요
그래야 그나마
아주 작은 아쉬움이라도

서로에게 영원히 남을 것 같아요

그 대신 잊지는 않겠어요
인형처럼 마음속에 놓아두고
그리울 때 가끔 한번씩
생채기 안 나게
조심스럽게 꺼내어 보려고 해요

언젠가 그리움이
폭풍처럼 밀려와
심장을 아주 뜨겁게
달궈 버릴지도 몰라요

언젠가 보고픔이
밀물처럼 기억 속으로 밀려와
온몸을 아주 시커멓게
불살라 버릴지도 몰라요

내가 만약 울어 버리면
우리의 소중했던 추억이

짜디짠 눈물에 찌들어
조금씩 녹아 흘러
영원히 사라져 버릴 것 같아요

내가 만약 죽더라도
우리의 소중했던 만남이
영혼 속에
영롱한 푸른빛 도는 보석처럼
오래 오래 남아 있기를 바래요.

〈코스모스들의 향연-20p(72.7×53cm)〉

당신에게 · 107

내가 수술하고 나서
몸 거동을 할 수 없을 때
매일 나를 간호하느라
당신은 하루도 잠을
편히 자지 못했습니다

조그만 간이침대에서
불편한 쪽잠을 자면서도
내가 필요로 할 때마다
오뚝이처럼 벌떡 일어나
정성껏 나를 간호해 주었습니다

온종일 걱정의 홑이불을 둘러쓰고
정말 많이 괴로웠을 텐데도
당신의 얼굴에는 항상
미소만 가득했습니다

피곤한 병원 생활인데도
아름다운 정원 꽃밭에
잠시 놀러 나온 어린 소녀처럼

나를 대하기를 마치
이쁜 꽃 한 송이 손에 쥔 듯
그냥 마냥 즐거워하는 듯
나를 보살펴 주었습니다

그런 당신에게
나의 온 사랑을 다 바쳐
진심으로 너무 고맙다고
그리고 많이 사랑한다고
천만년 세월이 지나도 변하지 않을
다이아몬드 보석에
나의 감사하는 마음을 새겨
사랑하는 당신에게
꼭 꼭 전하고 싶습니다.

당신에게 · 108

오늘은 문득 나에게
너무 많은 것을
생각하게 하는 날입니다

내가 당신을 만나고 지금까지
당신에게 잘해 준 것은
뭐라고 딱히 하나
내세울 것이 없는 것 같습니다

허구한 날
당신 앞에서 게으름만 피우고
눈만 뜨면
당신 앞에서 거드름만 피우고
그저 뜬구름만 잡으러 다녔습니다

왜 그랬을까
철없던 지난 모습들을
나의 작은 손바닥 위에 얹어 놓고
반성의 손가락으로 하나둘 헤아리며
뼈저리게 뉘우쳐 봅니다

마치 내가
술에 취해 쓰러져
정신없이 잠이 들었다가
이른 아침 사랑의 햇살로 세수하며
부시시 눈을 뜬 것 같은
오늘입니다.

당신에게 · 109

몇 해 전인가
내가 수술을 했을 때
짓궂은 숙명이라고 단정했습니다

그러나 당신은
깊은 산속 천년바위처럼
표정 하나 변하지 않았습니다

바보 같은 소리 하지 말라며
오히려 나의 연약한 마음을
퀘퀘한 뒤주 속에 가뒀습니다

그때까지 난
당신이 날 전혀 사랑하지 않는다며
가슴속에 대못을 박고 있었습니다

날마다
당신은 절대 나를
보낼 수 없다고 기도했습니다

날마다
당신은 내가 반드시
일어설 수 있다고 믿었습니다

당신은 날 간호하는 동안 내내
잠시도 내 곁을 떠나지 않았고
잠시도 편히 잠을 못 잤습니다

온종일
거친 내 마음밭을
일구곤 했습니다

지금 이 시간까지
난 당신 곁에 머물러 있습니다
지금 이 순간까지
당신은 내 곁을 지키고 있습니다

이 모든 게
당신이 내 온몸에 뿌려준
향기로운 은혜 덕택입니다.

당신에게 · 110

이제 정말 당신을
영원히 자유롭게
놓아 드리고자 합니다

가시창살 없는 곳으로
유리감옥 없는 곳으로
저 멀리 훨훨 날아가세요

그냥 꽃처럼 향기롭게
그냥 깃털처럼 가볍게
무지갯빛으로 떠나세요

당신이 남겨 놓은 사랑
양지바른 곳에 고이 묻고
다시 피어나도록 기도할게요.

〈포도와 여름-10p(53×41cm)〉

당신에게 · 111

별도 달도 모두 잠든
아직도 치근대는 어둠자락이
나뭇가지에 걸려 있는 밤
문득 잠에서 깨어나
세상 모르게 곤히 잠들어 있는
당신을 바라봅니다

바위더미에 깔려 있은 듯
무던히도 피곤했을
삶의 전쟁터 같았을
어제 하루

아이들 뒤치다꺼리하느라
집안 살림하느라
지치고 힘들었을 텐데도
정작 나에게는
내색조차 한 번 하지 않는 당신

나무에 주렁주렁 매달려
촐랑대는 수많은 감처럼

식솔을 먹여 살리느라
차가운 밖에서 일하면서
오가는 사람들에 채이며
종종걸음으로 날뛰는 날
항상 먼저 걱정하는 당신

어느새 그 곱던 얼굴엔
검은 주름살이 둥지를 틀고
새까맣고 윤기 나던 머리칼은
이내 하얀 세월이
여기저기에 뿌리를 내렸군요

그래도 자고 있는 모습이
엄마 품에 잠든 아기처럼
그리도 편안해 보이니
그나마 위안이 됩니다.

당신에게 · 112

오늘 난 우연히
어떤 예식장 앞을
지나게 되었습니다

예쁘게 치장된
고급스런 차 한 대가
이름 모를 오늘의 주인공을
조용히 기다리고 있었습니다

몇십 년 전 바로 그날
우리를 기다리고 있던
그 차와 많이 닮았습니다

내가 이 세상에 태어나
난생 처음으로 당신을 만나
사랑이라는 이름으로
우리의 미래를
영원히 함께하기로 했었던 그날

천사처럼 예쁘게 단장한 당신이

나비처럼 사뿐사뿐 걸어서
한 걸음 두 걸음
나에게 다가오고 있을 때
당신의 모습을 바라보는
나의 작은 가슴은
억제할 수 없는 벅찬 감정으로
터질 듯했습니다

세상에서 유일하게
당신에게 선택받은 사람
세상에서 단 하나밖에 없는
당신의 사랑을 얻은 사람

나에게 더이상의 꿈은
존재하지 않는 듯했습니다
나에게 더이상의 행복은
보이지 않는 듯했습니다
내가 지금도
뚜렷히 기억하고 있고
내가 죽을 때까지 잊지 않고
가슴속에 간직하고픈 건
우주가 나를 부를 때까지
오직 당신만을
사랑할 것이라는 것입니다.

당신에게 · 113

어느 날 나는
깊은 수렁 같은 잠에 빠졌습니다

이후 나는 나를 스스로
전혀 보호할 수 없습니다

더군다나
나는 나를 알아 볼 수 없을 만큼
짙은 안개 속에 갇혀 버렸습니다

두려움 속에 둘러싸인 채
몇 시간을
이렇게 헤매고 있습니다

아주 가는 실오라기만 한
빛 한 줄기도 전혀 없습니다
공포를 둘러메고 혼자서
정신없이 쏘다니고 있습니다

나를 좀 구해 주세요

나를 좀 도와주세요

혼자라는 것이
얼마나 무서운 존재인지
외로움이라는 것이
얼마나 아픈 존재인지
이제껏 몰랐습니다

당신의 존재가
나에게 얼마나 소중한 것인지를
까마득히 잊고 살았습니다.

당신에게 · 114

어떻게 그렇게 긴 밤을
그렇게 혼자
무사히 헤쳐 나오셨나요

참으로 춥고
참으로 고통스러운
가시밭이었을 터인데

참으로 외롭고
참으로 슬픈
그런 늪지대였을 텐데

그런 험한 길을 혼자서
수천수만 리 길을 걸어
쏟아지는 눈물을
가슴속에 쓸어 담으며
그렇게 헤쳐 나오셨나요

잘못된 인연을
피를 토하며 후회하고

주워진 운명 앞에
살을 찢는 고통을 참아가며
그리 달려오셨나요.

〈개인전 갤러리에서〉

무지갯빛 행복이
온 방안을 넘실거리며
은은히 켜 놓은 촛불을
마구 핥아대고 있는
지금 이 시간

나는 사랑하는 당신을 위해
세상에서 가장 귀하고
세상에서 가장 맛있는
오직
나 혼자만이 할 수 있는
그런 특별한 요리를
당신께 바치려고 합니다

향기로운 냄새가
예쁜 혀를 유혹하더라도
당장 군침이
샘물처럼 입안에 넘치더라도
우아하게 기다려 주세요

당장 먹고 싶은 유혹이
온몸을 간지럽혀도
아주 조금만 참아내세요
참다가 정말 못 참겠으면
심호흡을 한 번 크게 해보세요

보아서는 절대 안 됩니다
사랑의 요리가 완성되기 전에 보면
순식간에 모든 것이 다
물거품이 되어 사라지고 만답니다

참기가 죽기보다 어렵더라도
강렬한 향기에
머릿속이 혼미스러울지라도
기어이 참아 내야 합니다

그래야
세상에서 단 하나밖에 없는
아주 특별한 나만의 요리를
당신에게만 맛보여 줄 수가 있습니다

왜냐하면
당신은 내가
이 세상에서 가장 사랑하는
아주 특별한 사람이니까요.

〈나팔꽃의 비상-10p(53×41cm)〉

당신에게 · 116

나는 요사이 자주
내가 당신을
얼마나 사랑하고 있는지를
곰곰이 생각하고 있습니다

여태까지는
나만큼 당신을
진심으로 사랑하는 사람은
절대 없을 것이라고
자신만만하게 생각해 왔었고
주위 사람들에게도 항상
그렇게 떠벌이고 다녔습니다

그러나 내가 여태까지
당신을 사랑한다고 하는 것은
나만의 관점에서 바라보는
이기적인 모순투성이에다
골다공중처럼
부실하기 그지없었습니다

사랑한다고 하면서
당신에게 상처 줄 수 있는 말들을
아무 생각 없이 마구 해대고
당신을 아낀다고 하면서
거침없이 자주
잔심부름을 어린애처럼
당신에게 시키곤 했습니다

맛있는 음식이 있으면
내 입으로 먼저 들어갔고
무엇이든 당신에게
먼저 먹기를 권하는 일은
별로 없었던 것 같습니다

내가 그동안
생각이 너무 길지 못했습니다
내가 그동안
마음이 너무 깊지 못했습니다
내가 그동안
시야가 너무 넓지 못했습니다
무엇이 진정한 사랑인지를
미처 깨닫지 못했습니다

허물을 벗어 버린 뱀처럼

이제야 비로소
위선을 벗어 던지고
선홍빛 가슴 위에 놓여진
진실의 거울을 바로 보았습니다

상큼한 아침 햇살이
캄캄한 동굴 속을 비출 때처럼
이제야 비로소
오랜 어리석음 밑에 묻혀 있던
깨달음 보석을 찾았습니다

지금부터라도 당신에게
그늘 속에 묻혀진
칙칙한 생각들을 벗어 던지고
금빛 햇살에 잘 구워진
고소하고 향기 나는 진실만을
매일 매일 사랑의 꿀물을 넣어
만들어 드리도록 하겠습니다

그동안
정말
너무 미안했고
너무 고마웠습니다.

'살아 꿈틀대는 시적언어로 독자의 눈시울 뜨겁게 붉혀'

공학도인 박봉은 시인이 오래도록 무역업에 종사하다 어느 날 우연히 접한 시인들의 모임을 접한 지 4년도 채 안 되어 벌써 4권의 시집을 펴내게 되었다니 놀라움을 금할 수 없다. 인생을 꾸려가면서 조금 덜 후회하는 길이 있다면, 그건 아마도 창조적인 삶을 살아가는 것일 것이다. 창조적인 삶을 꿈꾸는 하나가 바로 시 창작의 길이다. 시 창작은 메모지와 볼펜 하나면 된다. 창조적 삶을 가장 간편한 것이 아닐 수 없다. 박봉은 시인도 시의 효능과 가치를 깨닫고 이를 가슴 깊숙이 받아들여 실천하고 있는 멋쟁이 중 한 사람이다.

박봉은 제1시집 〈당신만 행복하다면〉에서는 우리 주위 사물과 추억과 상념에 대해 다채로운 시선으로 바라보고 이미지로 시적 형상화를 해놓아 독자들의 눈을 즐겁게 해주었다.

사물을 바라보는 신선한 감각과 그 새로운 해석을 통해 활기찬 삶의 에너지를 이끌어 내는 솜씨를 보여 줬다. 그 어떠한 세파에도 의연함을 유지할 않은 삶을 예찬하고, 다정함과 따스함과 꿋꿋함으로 타인의 아픔을 감싸고 공감하며, 삶의 의미와 방향을 밝게 이끌어 나가고 있다. 박봉은 제2시집 〈아시나요〉에서 시인은 자기 자신을 키워 준 모든 것들에 깊이 감사하고 고마워하고 있다. 당신을 설정해 놓고, 그 당신을 주축으로 시상을 끌어가고 있는 것이다. 더불어 그 안에서 기쁨을 느끼고 희망을 품고 보람을 느끼라 행복해 한다. 그는 가슴으로 시를 쓰고 있다. 이미지 구현보다는 사랑의 향기를 서정의 가락 위에 실어 구구절절 호소한다. 때문에 읽은 이들의 가슴에 자리 잡고 있는 보편성에 감동을 줄을 선물하고 있다. 더불어 이야기나를 적절히 기저에 깔아 놓아 더욱 진하고 소박한 이미지의 옷을 입혀 봉나들이를 내보고 있을 뿐이다. 시세계 순수한 가슴이 있다면, 그곳을 향해 돌진하여 한 아름 시집을 들고 나와 너울너울 나비처럼 날아가고 있을 뿐이다. 이 기법을 통해 독자의 가슴을 울리고 웃기고 함께 눈물짓고 감동하고 함께 미소 지으며 기뻐한다.

박봉은 제4시집 〈비밀 일기〉에서는 다시 제1집으로 회귀한 듯한 시 세계로 돌아오고 있다. 여기서는 휘몰아 가는 듯한 시상의 흐름을 약간 멈추고 좀 더 여유롭게 관조적으로 사물을 바라본다. 사물 하나하나를 섬세히 관찰하기나 내려대보면서 새로운 가도로 해석하고, 되도록 이미지 구현으로 시적 형상화를 이루면서 시의 맛과 멋을 한층 강화시켜 놓고 있다. 그러면서 내면의 아픔과 응어리를 미적 가치의 그릇으로 올려 반상하여 나아가 치유되도 하려는 듯 진솔히 토로한다. 그 모습이 멋스럽다. 인간의 아름다운 모습을 중 하나가 아닌가 싶다.

박봉은 제3시집 〈당신에게 하나〉에서는 아주 단순한 시 세계를 구축하고 있다. 그저 하고픈 내면의 웅얼거림을 아주 듣기 편하게 자연의 소리처럼 마구 쏟아낸다. 그 과정에서 시어의 기교이나 억지나 수다스런 포장도 하지 않는다. 가슴속에 흐르고 있는 감성의 소리를 사물을 통해 치유하고 사물을 통해 부정을 긍정으로 끌어올리는 에너지와 힘과 기, 그게 그의 시에서 느껴지기에 그만큼 소중하다.

박봉은 시인은 1969년 전남 화순에서 태어나 2010년 『문학공간』 신인문학상 시 부문에서 당선돼 문학에의 등단했다. 현재는 포시런 문학회 회장이자 한실 문학회 회원으로 활동 중이다. 시집으로는 당신만 행복하다면, 아시나요, 당신에게하나, 비밀일기 등이 있다.

박봉은 시인은 사진 오른쪽

비밀 일기
박봉은 제4시집

그땐 왜 미처 말을 건네지 못했을까 가슴속에 담아 둔 핑크빛 고백을 부려 옴 속에 갇혀 수줍은 말에 숨어 끝내 꺼내 놓지 못했을까 그때 만약 용감하게 꺼내서 펼쳐보였더라면 지금은 아주 아름답게 이제는 매우 화려하게 꽃을 피울 수 있을 텐데 그땐 왜 고백조차 못했을까 이제는 영영 묻혀 버린 고백 빛이 바랠대로 바랜 추억이 묻혀 버린 지 오래 만약 지금 내게 다시 그날이 돌아와 준다면 사랑 가득 담은 하얀 진주를 아프게 아프게 떼어내어 그 사람에게 곧 선물하고 싶다.

가슴을 열어 보니 시적 화자에게는 '비밀 일기'가 하나 매달려 있다. 벌써 빛바랜 추억이 되어 가슴 깊이 박혀 버린 추억, 용감하게 꺼내어 행설 수 없어 영영 묻혀 버린 핑크빛 고백, 지금이라도 기회가 주어진다면, 다시 그날이 눈앞에 펼쳐진다면, 사랑 가득 담은 하얀 진주를 아프게 떼어내어 선물해 주고픈 절실한 마음이 시의 탁자에 올려져 있다. 후회 속에서도 그나마 다행인 것은 그 사람의 마음이 핑크빛 고백이 여전히 빛을 잃지 않고 가슴속에 상그럽게 살아 꿈틀대고 있다는 사실이다. 박봉은 시인의 이런 변화열은 사랑이 독자의 눈시울을 뜨겁게 적시게 하고 있다.

바쁜 사업 중에서도 틈틈이 시간을 내어 시 창작을 하고 알뜰한 사물을 모아 시집을 펴내며 살아가는 시인 박봉은이 사업가 박봉은에게 한마디한다.

"시인 박봉은이 사업가 박봉은은 훼방하지 않고, 오히려 활기차게 도와주고 있으니, 행복하잖!" 맞다. 시인 박봉은이 사업가 박봉은을 돕고 배경을 이뤄주면 주었지 손해를 끼칠 존재는 아닌 게 분명하다. 왜냐하면, 시인이 되어 시집을 내게 되면서부터 더 사업이 번창하고 활기차게 되었다니 말이다.

박봉은 제4시집이 끝이 아니다. 아직도 그는 3000여 편의 시를 더 써 놓고 있기 때문이다. 그의 시집 발간의 행렬이 어디까지 가서 멈추게 될지 그것도 지켜볼 만한 설렘의 하나가 되고 있다.

부디 그의 시 창작 열정이 식지 않고 영원토록 이어지기를 기대해 본다. 그리하여, 독자들의 진정한 사랑을 받은 시인으로 거듭나기를 기도한다. 다시 한번 박봉은은 박수를 보내드리고 싶다. 이 기름, 이 열정, 이 행복이 마지막 숨을 거두는 순간까지 쭉 지속되기를 바란다.

자연 바라보기 53 × 40.9 c

The Solo Exhibition by

박 봉 은

2014. 6. 5 ~ 6. 11

ART SPACE
Qualia   서울 종로구 평창동 365-3
TEL 02) 379-0403

찔레꽃과 그 향기 72.8 x 53.0 cm

박 봉 은

H.P : 010-6360-3875
카페 : http://cafe.daum.net/
parkbongeun

약력

* 2014 개인전 1회
  (서울 아트스페이스 퀄리아 갤러리)
* KOREA ART FESTA 참가(2011년)
* KOREA-CANADA Contemporary Art
  International Exchange Exibition 참가(2011년)
* ART WIDE Ansan Art Festival 참가(2011년)
* KOREA ART FESTA 참가(2012년)
* 제15회 세계평화미술대전 입선(2012년)
* 제11회 한국 수채화 아카데미 입선(2012년)
* 제16회 세계평화미술대전 특선(2013년)
* 제50회 목우공모미술대전 특선(2013년)

저서

제1시집 : 당신만 행복하다면
제2시집 : 아시나요
제3시집 : 당신에게.하나
제4시집 : 비밀일기
제5시집 : 유리인형

ART SPACE
Qualia

2015 신년초대전

평창동 이야기
Invitation Exhibit

ART SPACE
Qualia

2015.1.1 ~1.7
초대일시 2014.1.7 4시pm

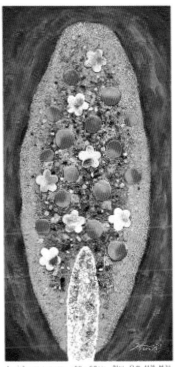

I wish your merry 30 x 60cm 일본, 유리 식용 분채

김 가 빈 홍익대학교 미술대학교 동양화과
홍익대학교 교육대학원 미술교육과 졸업
현재 한국미술협회 인천미술협회 회원(여성한국화회)
서울여류화가회 제인출익동문회
한국여성작가회 현 현여성작가회
인천한국화회 인천여성비엔날레
인천미술초대작가 회원

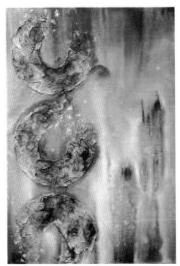

work[muto]뮤토 40 x 60cm
mixed media on canvas 2014

김 동 아 홍익대학교 회화과
홍익대학교 회화과 동대학원
경기도 고양시 일산동구 식사동 위버티 블루밍 305
동 2004호 H.P 010-5337-9304
onkims790@nate.com

균열이 가다 캔버스에 석고붕대 아크릴

이 은 경 공주대학교 산업공예디자인 졸업
전라남도 목포시 대학을 42
전화번호 010-4189-4416
laski15400@hanmail.net

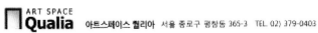

ART SPACE
Qualia 아트스페이스 퀄리아 서울 종로구 팔장동 365-3 TEL. 02) 379-0403

당신만 행복하다면
박봉은 제1시집

아시나요
박봉은 제2시집

당신에게 · 하나
박봉은 제3시집

비밀 일기
박봉은 제4시집

유리인형
박봉은 제5시집

당신에게 · 둘
박봉은 제6시집

한실 문예창작 문우들의 작품집

오늘의 詩選集 Series

오늘의 詩選集 제1권

화장을 지우며
강만순 지음 / 144면

오늘의 詩選集 제2권

또 한 번 스무 살이 되고 싶은 밤
김숙희 지음 / 160면

오늘의 詩選集 제3권

사랑의 빈자리 될까 봐
박완규 지음 / 144면

오늘의 詩選集 제4권

유모차 탄 강아지
김미경 지음 / 112면

오늘의 詩選集 제5권

이 환장할 봄날에
신점식 지음 / 176면

오늘의 詩選集 제6권

작아지고 싶다
주경희 지음 / 176면

오늘의 詩選集 제7권

가을은 어디나 빈자리가 없다
전금희 지음 / 176면

오늘의 詩選集 제8권

쓸쓸함에 대하여
이후남 지음 / 176면

오늘의 詩選集 제9권

바람이 열어 놓은 꽃잎
문재규 지음 / 220면

오늘의 詩選集 제10권

단 한 번 사랑으로도
이호근 지음 / 176면

오늘의 詩選集 제11권

할 말은 가득해도
최승벽 지음 / 176면

오늘의 詩選集 제12권

비밀 일기
박봉은 지음 / 176면

오늘의 詩選集 제13권

꽃만 봐도 서러운 그날
한실 문예창작 동인지 제8집

오늘의 詩選集 제14권

마냥 좋기만 한 그대
최기숙 지음 / 176면

오늘의 詩選集 제15권

풀꽃향 당신
김영순 지음 / 176면

오늘의 詩選集 제16권

유리인형
박봉은 지음 / 176면

오늘의 詩選集 제17권

보고픔이 자라고 자라서
한실 문예창작 동인지 제9집

오늘의 詩選集 제18권

첫사랑
김부배 지음 / 176면

오늘의 詩選集 제19권

나는 매일 밤 바람과 함께 사라진다
박덕은 지음 / 240면

오늘의 詩選集 제20권

오늘도 걷는다
유양업 지음 / 176면

오늘의 詩選集 제21권

내 사람 될 때까지
전춘순 지음 / 176면

오늘의 詩選集 제22권

한실문예창작 동인지 제10집
한실 문예창작 동인지 제10집

오늘의 詩選集 제23권

당신에게 · 둘
박봉은 지음 / 176면

한실 문예창작 동인지

한실 문예창작 동인지 제1집
『한꿈』

한실 문예창작 동인지 제2집
『한꿈』

한실 문예창작 동인지 제3집
『당신의 쓸쓸함은 안녕하십니까』

한실 문예창작 동인지 제4집
『목련은 흔들리고 있다』

한실 문예창작 동인지 제5집
『그래도 한쪽 가슴은 행복합니다』

한실 문예창작 동인지 제6집
『좋은 걸 어떡해』

한실 문예창작 동인지 제7집
『아직도 사랑인가 봐』

한실 문예창작 동인지 제8집
『꽃만 봐도 서러운 그날』

한실 문예창작 동인지 제9집
『보고픔이 자라고 자라서』

한실문예창작 동인지 제10집
『처음 사랑』